이만하면
다행인 하루

이만하면
다행인 하루

김다희 지음

21세기북스

오늘 하루 잘 보내고 있나요?

어제와 별반 다를 것 없는 오늘은
언젠가 그리워질 수 있는
가장 특별한 하루인지도 몰라요.

이 책은 나의 하루와 함께한 단어들로 가득해요.
단어를 세로쓰기 하고 그 옆에 다행시를 지어 실었답니다.
단어를 보고 떠오른 생각과 감정들을 끄적인 것이지요.

당신도 다행시를 지어볼 수 있도록
지면 아래에 당신을 위한 공간을 마련해두었어요.

오늘, 당신의 하루와 함께한 단어들에
당신만의 이야기로 색을 칠해보세요.

그 끄적임의 시간들은
일하고 먹고 자고 상처받고 사랑하고 울고 웃는
이 지극히 평범한 하루에
분명 작은 특별함을 더해줄 거랍니다.

자, 그럼 한번 시작해볼까요?

'다'들 '행'복해지길 바라는 마음을 담은,
다행시

모범생이었다. 공부밖에 할 줄 모르는 바보였달까.

그렇게 법과대학에 입학했고, 로스쿨에 입학했다.
매일 들어야 하는 수업과 매일 해야 하는 공부가 있었다.
그 분량들을 채우며 많은 시간을 보냈다.

누구보다 열심히 살고 있다고 자부하며 한눈팔지 않으려 했다.
그렇게 변호사가 되었다.

하지만 문득 뒤돌아보았을 때 나를 보듬어줄 시간도 없이 살았
다는 생각이 들었다.
멈춰 서면 낙오자가 될 것만 같아서, 내 속도도 내 방향도 없이
그저 남들을 따라 뛰었다는 허무함도 밀려왔다.

변호사가 된 후에는 다른 이들의 이야기에 귀 기울이며 더 바쁜
일상을 살았다.

그렇게 시간이 흐를수록 점점 내 이야기 없는 일상이 조금씩 버

거워지기 시작했다.
나를 잃어버린 기분이랄까.
아마도 필요했나 보다, 나를 위한 위로가.
그리고 나에 대한 사랑이.

한 글자도 나아가지 못한 채 하염없이 깜박이고 있는 모니터 커
서를 바라보다 슬며시 '시작'이라는 단어를 적어보았다.

시시하지 않아.
작은 발걸음일지라도.

누구나 쓰는 흔한 다행(多行)시.
왠지 위로가 되었다.

그렇게 시작된 나를 위한 끄적임,
그 시간만큼은 온전히 내 이야기에 집중할 수 있었다.

고마운 다행시에 예쁜 이름을 붙여주었다.

쓸 수 있어서 참 '다행'이었던,
내가 사랑하는 모든 이들이 '다'들 '행'복해졌으면 하는 마음을
담은, '다행(多幸)시'라고.

나 아닌 다른 누군가에게도 이 위로를 전하고 싶다는 생각에 오늘 여기까지 왔다.
다듬어지지 않은 글이 투박하고 어설픈 내 모습을 닮은 것 같아 망설여지기도 했지만,
'아무렴 어때, 그냥 이게 내 마음인걸' 하고 스스로 위안하면서.

여기에 적힌 단어들은 나의 매일을 함께한 단어들이다.
일하고 먹고 자고 상처받고 사랑하고 울고 웃었던,
지극히 평범한 나의 하루와 함께한 단어들.
아마 당신의 하루와도 조용히 때로는 소란스럽게 함께했을 단어들.

끄적이며 각 단어에 자신만의 색을 칠하며,
마음속 이야기에 귀를 기울여보면 좋겠다.

별것 아닌 일이지만 정말로 특별한 시간이 될 것이다.
내가 그랬던 것처럼.

2019년 2월
김다희

Special thanks to.

나를 사랑하시는 하나님, 언제나 나를 응원하고 지지해
주는 우리 가족과 나의 사람들, 그리고 어설픈 끄적임
을 그럴싸한 한 권의 책으로 엮어주신 북이십일에 감사
의 마음을 전합니다.

차례

Part 1

넘어지지 않게
잠시 숨 고르기

위로가 필요한 당신에게

쫓기듯 살았다.
멈춰 서면 뒤처질까 두려워,
그저 남들을 따라 달렸다.

나, 분명 잘 살고 있는데.
지금까지 잘해왔는데,
왜 이렇게 숨이 찬 거지?

주저앉은 채 마음속 글자들을 하나둘 꺼내어본다.

나, 내 속도가 아닌 경쟁의 속도로 살았구나.
참 많이 애쓰며 살았구나.

나조차 나를 알아주지 못했다는 생각에 마음 한편이 아파온다.
그저 앞을 향해 달리기보다는 잠시 멈춰 서서 나를 들여다보자.

넘어지지 않게, 다치지 않게,
다음 신호는 켜지기 마련이니, 잠시 쉬어가자.

눈물

눈치 없이
물어보지 마요.

얼굴은 마음의 창이라고 한다.
그래서일까, 우울한 일이 있으면 어김없이 낯빛부터 어두워진다.

우울할 때면 나를 한층 더 우울하게 만드는 사람들이 있다.
나의 달라진 안색을 살피고는 호기심 가득한 얼굴로 다가오는
사람들이다.

그저 모른 척 지나가줬으면 좋겠는데.
그들은 다가와 무슨 일인지 자신에게 털어놓아보라며,
꼬치꼬치 나의 사정을 캐물어대는 것이다.

그럴싸한 말들을 늘어놓으며 나를 위로하고 싶다지만,
대부분은 그저 무료한 일상에 나의 불행을 하나의 가십처럼 즐
기고자 하는 사람들일 뿐이다.

내가 눈물지을 때,
그저 아무것도 묻지 않고
따뜻한 인사를,
따뜻한 손길을,
따뜻한 차 한 잔을,
건네주는 사람이 있었으면.

진짜 위로를 할 줄 아는 그런 사람이.

눈 _
물 _

힘내

힘들지?
내가 곁에 있어줄게.

너무 힘들 때는 '힘내'라는 말을 듣는 것조차 힘이 든다.
더 이상 낼 수 있는 힘이 없는데,
도대체 무슨 힘을 더 내라는 것일까.

물론 상대방은 선의에서 건넨 말일 것이다.
그럼에도 너무 여유가 없고 힘이 들 때는,
그 말이 더 없이 잔인하고 냉정하게 느껴지고 만다.

'힘내'라는 말을 쉬이 건네지는 말자.
힘들어하는 그 사람 곁을 지키며 묵묵히 지켜봐주자.
그것이 누군가를 위로하는 진짜 방법 아닐까.

힘 –

내 –

이해

이상한 내 모습에도
해처럼 맑게 웃어주세요.

걱정이 많은 편이다.
도통 마음이 진정되지 않을 땐 가까운 이들에게 질문을 던진다.
"괜찮겠지?"라고.

처음에는 모두들 괜찮다고 나를 위로한다.
하지만 계속 불안해하며 같은 질문을 반복하면 다들 짜증을 내기 시작한다.
"안 괜찮아. 큰일났다, 너! 뭐 이런 얘기를 듣고 싶은 거야?"라고.

나도 걱정하는 내 모습이 싫다.
조금씩 달라지려고 노력해볼 테니,
'다 괜찮다'는 얼굴로 한 번 더 웃어주면 안 될까.

이_
해_

눈사람

눈은 작지만
사랑스러워.
람(남)들이 뭐라 하던지.

사랑해주세요.

조금 부족한 듯,
아주 멋있지는 않은,

나일지라도.

눈 ㅡ
사 ㅡ
람 ㅡ

셀카

셀럽 못지않은 표정과 자태로,
카메라는 45도 각도로.

내 핸드폰에는 비밀 폴더 하나가 있었다.
내 모습이 가득 담긴 '셀카(셀프카메라)' 폴더.
셀카 폴더에 입성하는 사진들은 모두 하나의 공통점을 가지고
있었다.
그건 바로 나의 콤플렉스들이 잘 가려져 있다는 것이다.
작은 눈이 커 보이는 사진, 구멍 난 눈썹이 잘 가리워진 사진 등.
나는 셀카 폴더에 가득 찬 다소 인위적인 사진들을 보며,
이 정도면 괜찮다고 스스로를 위안하곤 했다.

어느 날 우연히,
선배 한 명이 내 셀카 폴더의 사진들을 보게 되었다.
선배는 왜인지 웃음을 빵 터뜨리더니,
"자연스러운 모습이 더 괜찮은 것 같다."고 말해주었다.

내가 가리고자 애써왔던 모습들.
막상 남들은 그런 내 콤플렉스에 별다른 관심이 없었고,
그 사실은 내게 다소 충격이었다.

별것 아닌 것들에 집중하느라 내 진짜 아름다움을 모르고 살았
을 수도 있겠구나.

문득 셀카 폴더 속의 왕눈이보다,
사라질 듯한 눈으로 활짝 웃고 있는 내 모습이 더 예쁘게 보인다.

셀_
카_

평가

평정심을 잃지 말아야지.
가둘 순 없어 날, 그 틀 안에.

좋지 않은 평가를 받은 적이 있다.
실망한 티를 내면 왠지 지는 것만 같아서 애써 밝은 척을 했다.
하지만 속상한 마음이 생각보다 컸던 탓일까,
가까운 사람들마저 속일 수는 없었나 보다.

어느 날 친구가 커피를 사주며 메모지 한 장을 내밀었다.
아무 생각 없이 메모를 읽다가 눈물이 핑 날 뻔했다.

"밝고 잘 웃는 너는 사람들에게 긍정적인 에너지를 주고….

나를 다시 평가하는 내용의 메모였다.

모든 사람들로부터 좋은 평가를 받을 수는 없다.
다만 나를 있는 그대로 믿어주고 사랑해주는 이들이 있기에,
오늘의 나에게 부끄럽지 않은 하루를 채워갈 뿐.
고마운 이들을 생각하며 그렇게 나를 위로해본다.

평_
가_

충전

충분히 수고했어요.
전부 내려놓고, 잠시 쉬어요.

사람들과 만날 때면 이상한 부담감에 시달리곤 했다.
어색한 공기가 흐르고 정적이 계속될 때,
왠지 내가 나서서 상황을 해결해야 한다는 부담감이랄까.

그럴 땐 말도 안 되는 우스운 소리를 해대거나,
괜히 나 자신을 깎아내리는 이야기를 하면서,
그렇게 시간을 보내곤 했다.

집에 돌아오는 길은 어김없이 울적했다.
마음 한구석이 뻥 뚫린 듯 허하기까지 했다.

방전된 사람처럼 한동안 아무것도 할 수 없었고,
멍하니 시간을 보낸 뒤에야 스스로를 추스릴 수 있었다.

어색한 공기도, 정적도, 시간도.
그저 자연스럽게 받아들이면 좋았을 것을.

그 어떤 순간에도 나 자신을 깎아내리거나 우스운 존재로 만들
필요는 없다는 걸.
지금에서야 조금 알 것 같다.

충 _
전 _

상처

상당히
처신을 잘해야 한다, 덧나지 않게.

심한 눈병을 앓았다.
후유증으로 각막에 혼탁 증상이 생겼다.
심각한 시력 저하도 동반되었다.
상처가 제대로 아물지 못하면 더 큰 아픔을 남길 수도 있다는 걸,
그때야 비로소 알게 되었다.

마음의 상처 또한 그렇겠지.
보이지 않는다고 아프지 않은 것은 아닐 테니.

상처가 덧나 더 큰 아픔이 되지 않도록.
나에게도,
당신에게도,
반창고 하나를 붙여주고 싶다.
'괜찮아'라는 이름의 반창고.

상 _
처 _

위로

위해줄 순 없나요, 나를.
로스팅 커피 한 잔 따뜻하게 건네면서요.

나는 위로가 필요한데,
주변엔 위로받길 원하는 사람만 잔뜩이다.

누구 하나 없을까.
따뜻한 커피 한 잔 건네며,
내 마음 다독여줄 그런 사람.

위 _

로 _

거울

거참,
울상 짓지 말래도. 웃자, 웃어.

나는 눈, 코, 입이 모두 처져 있다.
그래서인지 신경을 쓰지 않으면 울상이 되기 십상이다.

그런 생김새 탓에,
어느 날부터 거울을 보고 입꼬리를 올린 채 웃는 연습을 하게 되었다.

참 신기한 것은,
좋은 일, 행복한 일 하나 없이 그저 입꼬리를 올렸을 뿐인데,
왜인지 기분 좋은, 행복한 느낌들이 조금씩 밀려들어 온다는 것이었다.

마음이 몸에 반응하는, 뭐 그런 과학적인 현상이라나.
믿기 힘든 당신,
지금 당장 거울을 보고 한 번 웃어봄이 어떨지.

거 _
울 _

수고

수도 없이
고민하고 또 아팠을 당신, 참 수고했어요.

당신이 오늘 하루에 마침표를 찍기까지,
얼마나 높은 산을 넘고,
얼마나 넓은 바다를 건넜을지,
나는 짐작조차 할 수 없습니다.
그저 한마디만 전하고 싶어요.

수고했어요, 오늘도.

수 _
고 _

도전

도저히
전과 같을 순 없기에.

할 수만 있다면 그저 가만히 머무르고 싶었다.
익숙함과 안락함의 자리에.

그런데 사람이란 참으로 변덕스러운 존재여서,
익숙함과 안락함의 자리도
어느 순간엔 도저히 견딜 수 없는 자리로 느끼고 마는 것이었다.
그 자리엔 아무런 변화도 일어나지 않았음에도 불구하고.
참으로 이상한 일이라지.

결국 생경한 자리로의 헤엄은 평생 동안 계속된다.

도전을 멈출 수 없는 거라면,
즐기는 수밖에!

도 _
전 _

새벽

새로운 하루가 다가온다.
벽시계는 째깍째깍, 내 맘도 모른다.

뒤척이다 보니 어느덧 새벽 4시.

중요한 일을 앞둔 중압감 때문일까.
도통 잠이 오지 않는다.

고요한 정적 속에 벽시계 소리는 요란하고,
'오늘 잘할 수 있을까' 하는 생각에 마음은 심란하다.

늘 그랬듯 시간은 흐르겠지.
그래, 곧 모든 걸 잘 견디어낸 나를 만나볼 수 있을 거야.

새_
벽_

응원

응당 좋은 결과가 있을 거예요.
원하고 바라는 마음의 소원들 다 이루어지라고,
　내가 이렇게 간절히 기도하는걸요. 파이팅!

누군가를 위해 기도한다는 건,
생각보다 쉬운 일이 아니다.
어영부영 정신없이 살다 보면,
나를 위해 기도하는 시간도 제대로 갖기 어렵지 않은가.

그래서 나는 기도한다.
말뿐이 아닌 '진짜' 응원이 하고 싶을 때,
그 사람의 얼굴을 떠올리고,
그 사람의 마음을 생각하며,
나의 시간을 내어 기도하는 것이다.
그 사람이 원하고 바라는 것들을 다 이루어주시라고.
그렇게, 간절히.

그러니 나의 소중한 사람아,
더 이상 마음 졸이지 않았으면.
당신을 위해 이렇게 기도하고 있는 내가 있으니.

응 –
원 –

우울

우리가 있잖아.
울지마.

기분이 한없이 가라앉을 땐,
다른 이들을 피해
나만의 공간으로 숨어버린다.
아무도 보고 싶지 않으므로,
아주 꽁꽁.

그런데 아이러니하게도,
꽁꽁 숨어버린 나에게
가장 위로가 되는 건,
잠시나마 피하고 싶었던
바로 그 사람들이 있다는 사실이다.

아무 말 없이
내 곁을 지키며,
나를 응원해주고 있을 사람들.

다시 빼꼼히 고개를 내밀며,
문득 그 사람들에게
미안하고, 고맙다.

우 _
울 _

미안함

미소조차
안쓰러워
함부로 입을 뗄 수 없는.

꾹 참아온 짜증이 애꿎은 당신 앞에서 터진다.
이러면 안 되지 싶으면서도,
순간의 짜증을 다스리기란 참 쉽지가 않다.

그런 내게,
당신은 괜찮다며 애써 웃어 보인다.

그 모습이 너무나 안쓰럽고 또 고마워서,
나 함부로 입을 떼 이야기할 수조차 없었다.

미안하다고,
정말 미안하다고.

고마움과 미안함은
일란성 쌍둥이라지.

고맙다 못해 미안해지고야 마는 건지,
미안하다 못해 고마워지고야 마는 건지.

난 그저 당신에게
고맙고도,
미안하다.

미 _
안 _
함 _

전구

전,
구원이고 싶어요, 어둠 속 당신에게.

방에 작은 조명 하나를 들였다.
오천 원 주고 산 저렴한 녀석이다.

해가 밝은 대낮에 포장을 뜯어 창가에 올려놓았다.
별 기대가 없었는지 정신이 없었는지,
전원조차 켜보지 않은 채 집을 나섰다.

깜깜한 어둠이 내려앉은 밤.
집에 돌아와 무심코 녀석을 밝혀보았다.
이게 웬걸, 방 전체가 따스한 불빛으로 가득하다.
녀석과 함께 행복의 전원도 켜진 듯했다.

하루를 행복하게 만들어줄 사소한 변화, 또 어떤 것들이 있을까.
어찌되었건 행복한 밤이다.

전 _
구 _

신호

신나게 달려가도 될까요. --------------------
호들갑 떨지 말고, 멈출까요. ------------------

선택에는 항상 책임이 뒤따른다.

책임의 무게는 꽤나 무겁다.

그래서인지 모든 선택의 순간,
조금은 멈칫거리게 된다.

신 _
호 _

그럴 때면 생각한다.

선택의 순간에도,
신호등이 있었으면 좋겠다고.

그 길을 가도 된다고,
이제는 그만 멈추라고,
그렇게 말해주는 신호등이.

시작

시시하지 않아.
작은 발걸음일지라도.

무언가를 시작하는 일은 항상 어렵다.

처음부터 그럴싸해 보이고 싶은 욕심 때문에.
서툰 내 모습을 마주하는 것에 대한 두려움 때문에.
주변의 시선에 대한 지나친 의식 때문에.

시작이란,
그런 욕심과 두려움, 주변의 시선을 넘어서 내딛은 바로 그 한
발자국이다.

그렇기에 그 어떤 시작의 모습도 시시하다 말할 수는 없다.
그것이 제아무리 작은 발걸음일지라도.

조심스레 한 걸음을 내딛는 나를, 그리고 당신을 응원하며.

시 _
작 _

골목

골똘히 생각하며 걸었다.
목적지는 어디일까, 내 삶의.

쫓기듯 살다 보면,
문득 무얼 위해 이렇게 애쓰고 있나 싶다.

목적지도 방향도 잃어버린 채,
그저 무작정 달리고 있었던 건 아닌지.

어떤 이의 인생을 닮은,
이 굽이진 골목길을 걸으며 생각해본다.

골 –

목 –

나무

나와는 다른 모습이지만,
무릇 너도 애쓰고 있겠지.

가끔 나만 힘든 것 같다는 생각에 빠지고는 한다.
그럴 땐 아무나 붙잡고 아주 잠깐만이라도 대화를 나눠보자.
조금 전 했던 생각이 얼마나 바보 같은 생각이었는지를 곧 알게
될 것이다.

서로 다른 모습일 뿐,
누구나 고민하고,
누구나 애쓰며,
그렇게 살아간다.

비바람 몰아치는 어느 날,
꺾이지 않기 위해 온몸으로 애쓰고 있는 저 나무처럼.

나 _
무 _

°역경

역설적이게도
경이로웠던 순간들의 뒤엔 항상.

살면서 가장 빛났던 순간들을 떠올려본다.

그 순간들을 맞이하기 위해 길고 어두운 터널을 지나야만 했다.

도무지 끝날 것 같지 않은 깜깜하고 지루한 시간들,
그 시간들을 지나 만나본 빛은 더 밝고 아름답게 느껴졌다.

오늘, 참 어두운 시간을 보내고 있다.

오늘의 이 어두운 시간들도,
분명 더 빛나고 아름다운 날들을 맞이하기 위한 과정일 거라고,
그렇게 나를 다독여본다.

역 _
경 _

고난

고운 날이 올 거라고,
난 그렇게 믿어요. 지금은 비록 힘들지만.

도무지 끝날 것 같지 않던 장마도,
아무것도 보이지 않는 칠흑같이 깜깜한 밤도,

시간이 흐르고,
때가 되면,
마치 아무 일도 없었던 것처럼
지나가잖아요.

지금은 비록,
눈앞이 캄캄하고,
눈물이 앞을 가리겠지만,

곧 파랗게 하늘이 개이고,
맑은 해가 얼굴을 드러낼 테니,

우리 조금만 더 버텨봐요.

아자아자!

고_
난_

불안

불어나는 걱정들로
안절부절 못하겠네.

심한 눈병으로 연차를 쓴 적이 있다.
밝은 대낮에 홀로 방을 지키고 있자니,
고요한 적막 속에 걱정이 꼬리에 꼬리를 물고 이어졌다.

도대체 언제쯤 증상이 호전될까.
상사에게는 어떻게 이야기해야 하나.
업무는 어떻게 인수인계해야 하나.

불어나는 걱정들로 안절부절 못하게 되니,
어차피 아무것도 할 수 없는 마당에,
쉬는 것도 쉬지 않는 것도 아닌 애매한 상황이 되고 말았다.
걱정한다고 달라질 것은 아무것도 없는데,
걱정하는 바람에 쉬는 일조차 제대로 하지 못하게 된 것이다.

어차피 아무것도 할 수 없다면,
잠깐 동안만이라도 아무 생각도 하지 않은 채,
쉬는 일에만 집중해보는 것은 어떨까.
걱정한다고 달라질 것은 아무것도 없으니.

불 _
안 _

고민

고달파질 뿐이니
민들레 홀씨처럼 훌훌 날려버리자.

소심한 성격 탓에,
사소한 것 하나까지 고민할 때가 많다.

고민을 거듭한다고 답이 나오는 것은 아니므로,
고민만 하다 지레 지쳐선,
인생은 왜 이리 고달픈가,
홀로 신세 한탄하기 십상이다.

붙잡고 있기보다는 훌훌 날려버려야 할 텐데.
연습하면 나아질까.
조금 어렵더라도.

고 _
　민 _

인생

인내하고 기다리다 보면,
생각지도 못한 선물이 기다리고 있기도 한.

참 버거운데,

선물 같은 순간들로
참 벅차기도 한,

그것이 바로 인생.

인 _
생 _

소망

소식 없는 오늘도
망연자실하지 않는 이유.

원하는 길을 원하는 때에 가지 못한 적이 있었다.

실망한 채 다른 길을 걸어가야 했지만,
돌이켜보면 그건 참 내게 다행스러운 일들이었다.

그 시간 동안 나는,
더 넓은 그릇이 되어,
더 좋은 때에,
더 좋은 것들을,
더욱 마음껏 담아 누릴 수 있게 되었다.

오늘 기다리던 소식을 듣지 못했다.
눈물이 났다.
마음이 아팠다.
앞이 깜깜했다.

그런데,
지나온 시간들이 내게 위로가 되었다.
오늘 일은 참 다행이라고,
더 좋은 일이 있을 거라고.

힘든 시간들을 지내온 내가,
오늘의 내게 전하는 위로가 참 고마워서.
지금은 비록 너무 힘들지만,
망연자실하지는 않기로 했다.

소_
망_

Part 2

당신이 그저
당신이라는 이유로

사랑하고 싶은 당신에게

하루하루 흔들리던 20대의 난,
습관적으로 연애하고 사랑하며 이별했다.

어느 추운 겨울날,
만나던 사람과 헤어지고 나는 펑펑 울었다.
사랑이 끝나 슬프기보다 혼자라는 사실이 두려워서.

나를 사랑하는 법조차 알지 못했던 난,
다른 누군가를 사랑하기에는 참 많이 부족했었나 보다.

여전히 사랑의 언어를 눈치채지 못하고,
이별의 전조를 잘 읽어내지 못하는,
어리숙한 나이다.

하지만 나는 기다린다.
다가오는 사랑에 설레며.
다시 또 누군가와 함께 울고 웃을 수 있기를.
사랑하고 싶은 오늘.
나를 사랑하는 법을 연습하면서.

남자친구

남들은 다 있더라.
자기랑 꼭 닮은 애인 말야.
친한 친구들을 만나도 재미가 없더라, 요샌.
구구절절 그 얘기뿐이어서.

소위 말하는 결혼 적령기여서일까.
요즘 친구들과의 대화는 거의 기-승-전-남자이다.

믿거나 말거나 한때는 나도 할 말 참 많은 사람이었다.
달리 만나는 사람이 없는 요즘,
모든 모임에서 가장 과묵한 사람이 되어버렸지만.

심드렁하니 앉아,
바쁜 척,
커리어에만 관심 있는 척,
눈 높은 사람인 척,
그야말로 온갖 척을 하며 일부러 누군가를 만나지 '않고' 있는
양 포장하기가 일쑤.

인정하고 싶지 않지만,
사실은 나와 꼭 닮은 그 누군가를 아직 만나지 '못하고' 있는 것
에 불과하다.

내 짝이 있겠지 싶으면서도 쓸쓸하기도 한 요즘,
그저 시간이 흘러가기를 바랄 뿐이다.

남_
자_
친_
구_

여자친구

여신이래,
자기 눈에는.
친구들한테 소개시키고파 안달이더라.
구김도 없다나 뭐라나.

힘든 하루였다.

오랜만에 만난 친구 녀석은
밥 먹는 내내 여자친구 자랑을 늘어놓았다.
얼굴도 예쁘고, 성격도 좋고, 완벽 그 자체라나 뭐라나.

그런데 너 기억 안 나니.
얼마 전 헤어진 여자친구도 완벽 그 자체라고 했던 것 같은데.

여_
자_
친_
구_

인연

차가운 가을바람에
문득 얼굴도 모르는 당신이 그리워집니다.

대체 어디서 무얼 하고 있기에
여태껏 아무 연락이 없으신 건가요.

어차피 우리 만나야 할 인연이라면,
나 외롭고 서글픈 지금,
조용히 찾아와 곁에 머물러주실 순 없을까요.

인제는 우리 서로
연락이 닿을 때도 된 것 같은데.

인 _
연 _

스마일

스리슬쩍
마음을 전하고 싶다고요?
일단 웃어보세요. 긴장은 풀고요.

어느 날 소개팅에 외모가 마음에 드는 사람이 나왔다.
그런 적은 거의 없었으므로 나는 다소 생소한 상황 속에서 부쩍
긴장했다.

결국 나는 소개팅 내내 웃음기 없는 얼굴로 일관하게 되었고,
그에게 호감을 표시하기는커녕 당혹스러울 수도 있는 시간을
안겨주었다.
그와의 다음 만남을 기약할 수 없었음은 물론이고.

인연 찾기에 몰두하는 과정에서 느낀 점 하나가 있다.
그건 바로, 누구를 만나건 눈을 맞추며 대화하고 잘 웃어야 함께
좋은 시간을 보낼 수 있다는 것이다.

웃어주는 것, 호감을 표현하기 위한 가장 좋은 방법 아닐까.

연습해보자, 스마일.

스_
마_
일_

우산

우리
산책할까? 비는 오고, 우산은 하나뿐이지만.

빗소리가 마음의 문을 두드린다.
문을 열고 살짝 꺼내어볼까,
무언가 겁이 나 꽁꽁 감추어두었던 것들을.

비가 오면 괜스레 감상에 젖곤 한다.
마음속 꽁꽁 감추어두었던 감정들이 빼꼼히 고개를 내밀어서.
그 얼굴들과 하나하나 눈을 맞춰볼까,
차마 마주하기 어려워 외면했던 나의 진짜 얼굴들.

우 _
산 _

추위

추근거리는 듯해도 조금만 이해해주라.
위로가 필요한 날씨잖아.

찬바람이 불어오니,
따스한 온기가 그리워진다.

아니, 사실은 당신을 그리워하고 있는지도.

추_
위_

결혼식

결국
혼자네, 오늘도.
식당 밥은 맛있나 몰라.

'남들 다 하는 거 나라고 못하겠어?'
참 쉽게 생각했었는데,
평생을 함께할 누군가를 만난다는 거,
서로가 서로를 알아본다는 거,
그것 참, 쉬운 일이 아니더라고요.

그러고 보니 오늘 저 둘,
참 어려운 일을 해냈습니다.

어찌되었건, 결국 저는 오늘 혼자네요.
식당 밥이나 맛있었으면 좋겠어요.
이 허한 마음 달래게.

결 _
　혼 _
　식 _

사인

사랑해.
인제는 알아채줄 거야?

네온사인 만들기 원데이 클래스에 참여한 적이 있다.
철심을 구부려 한 붓 그리기로 글자 모양을 만들어내는 것,
그것이 네온사인을 만들기 위한 첫 번째 과제였다.

선생님은 초보자인 나에게 적은 글자 수의 영어 필기체로 만들
것을 추천해주셨다.
한 붓 그리기로 글자 모양을 만들어내는 것이 쉽지 않다는 이유
때문이었다.
하지만 이미 'eternal sunshine'이라는 문구에 꽂혀 있었던 나는
그 말에 귀를 기울이지 않았다.

결과는 뻔했다.
소위 말하는 곰손이었던 나는 어려운 도안을 선택한 탓에 다른
수강생들과 전혀 속도를 맞추지 못했다.
마음이 급해진 나는 결국 'sunshine'이라는 단어를 'love'로 수
정했다.
그리하여 나의 작품은 뜬금없이 'eternal love'로 완성되었다.

'영원한 사랑'이라니.
집으로 돌아와 정신없이 깜박이고 있는 네온사인을 보고 있자
니 웃음이 나왔다.

너 말이야.
방구석에서 이렇게 예쁘게 깜박이고 있으면 뭐하니?
알아채줄 사람 하나 없는데.

사_
인_

수건

수줍게
건넨 나의 마음.

당신의 지친 마음을
깨끗이 닦아주고 싶어요.

수 _
건 _

미세먼지

미리
세심하게 챙기고 싶었는데,
먼저 연락하기가 쉽지 않았어요.
지금이라도 전화해볼까, 마스크 꼭 쓰라고.

작은 용기,
지금이라도 내어볼까요.

미_
세_
먼_
지_

고백

고? Go? Stop?
백번은 스스로 물어본 뒤에야.

사랑을 시작하기에 앞서 신중하지 않을 수는 없다.

그러나 시간이 지나 깨달은 만고불변의 진리.
될 놈은 되고 안 될 놈은 안 된다는 것.
언제나 신중한 것만이 정답은 아니었던 듯싶다.

그런 의미에서,
더 늦기 전에 마음을 전해보는 건 어떤지.

고 _
백 _

약속

약간 망설여지겠지만,
속는 셈 치고 믿어주세요.

사랑한다는 말 자주 하기, 연락 잘하기, 같은 취미 만들기 등.
사랑을 시작할 때면 온갖 약속들이 난무하게 된다.

분명 모든 약속들을 다 지킬 수는 없다.
하지만 그 약속들은 그 자체만으로도 충분히 의미 있는 것이다.

당신을 위해 내가 하기 어려운 일들도 한번 해보고 싶다는,
사랑한다는 말의 또 다른 표현이었을 테니까.

약 _
속 _

하나

하염없는 기다림 끝에
나와 당신이 만나 둘에서 하나가 되었네.

얼마간 혼자였던 친구는 말했다.
혼자 살 거라고, 남자친구가 대체 무어냐고.

얼마 후 친구는 말했다.
프로포즈를 받았다고, 곧 결혼한다고.
지난 만남으로부터 채 몇 개월도 지나지 않은 때였다.

사람 일 참,
알 수 없다.

하_
나_

영화

영, 재미가 없네.
화면만 보고 있자니 말이야.

당신과 처음 영화관 데이트를 하던 날의 나의 소회.

보고픈 당신의 얼굴을 마음껏 바라볼 수도 없고,
하고픈 이야기를 맘 놓고 떠들어댈 수도 없으니,
그저 답답할 수밖에.

이 답답함, 시간이 흐르면 느끼기 어려운 감정이겠지.

우리 조금은 오래도록,
말 없이 화면만 바라보는 일을 답답하게 느끼는,
그런 사이가 되었으면.

영 _
화 _

오아시스

오직 당신뿐이었어요.
아름다운 내 모습을 발견해준 사람은.
시도 때도 없이
스쳐 지나간 그 수많은 사람들 중에서.

하얗고 멀건 얼굴에 작은 눈, 코, 입이 콕콕 박혀 있다.
흐리멍덩한 인상이 한눈에 기억 남는 얼굴은 아니다.

그런 내 모습에서 매력을 발견해준 이들이 있다.
때론 나조차 받아들이기 힘든 모습에서조차,
그들은 매력적인 점을 발견해주었다.

작은 눈은 반짝반짝 총명해 보이고,
흐리멍덩한 인상은 매일같이 새롭다나 뭐라나.

오 _
아 _
시 _
스 _

연인

연신
인내하고 서로 감싸 안으며.

당신을 만나러 가는 길,
수많은 사람들이 내 곁을 스쳐 지나갔어요.
서로가 서로에게 어떠한 의미도 되어주지 못했던 우리들은,
각자의 길을 바삐 걸어갈 뿐이었습니다.

그때,
저 멀리 보이던 당신이 내게로 다가와,
나의 이름을 부르고,
나의 안부를 묻고,
나의 안색을 살피며 이마를 짚어주었을 때.

나는 당신이 얼마나 특별한 사람인지를 새삼 느끼며,
당신과 다시 한 번 사랑에 빠지게 되었습니다.

연 _
인 _

색연필

색이 있어요, 난.
연하든 진하든 모두가 아름다워요.
필히 우리는 함께해야만 해요.
　더 아름다운 날들을 위하여.

감정기복이 있는 나는 차분한 당신이 좋다.
나는 당신으로 인해 평정심을 유지하는 법을 배우고,
당신은 나로 인해 울고 웃는 법을 배운다.

잘 듣는 나는 재치 있게 이야기하는 당신이 좋다.
단조로운 나의 세상은 당신의 이야기들로 풍요로워지고,
당신의 세상 속 이야기들은 비로소 갈 자리를 찾는다.

다혈질인 나는 느리지만 꼼꼼한 당신이 좋다.
나는 당신으로 인해 벌려놓은 일들을 잘 마무리할 수 있고,
당신은 나로 인해 주저했던 일들을 비로소 시작할 수 있다.

서로 다른 우리이기에,
함께 있을 때 더 아름답다.

색 –
연 –
필 –

시계

시간은
계속해서 흘러만 가는데.

당신을 기다리고 있어요.
기다리는 당신이 보이질 않으니,
애꿎은 시계만 계속 바라보게 되네요.
동그란 시계에서마저 당신의 얼굴이 보입니다.

그러니 나의 사랑하는 사람아,
이제는 어서 빨리 내게 와주세요.
더는 애태우지 말고.

시 _
계 _

사진

사랑해.
진짜로 잊고 싶지 않아.

잊고 싶지 않은 모든 순간을
사진으로 남기고 기억합니다.

당신과 함께 있는 지금 이 순간이
바로 그 순간이네요.

진짜로 잊고 싶지 않은 그런 순간.

사_
진_

기억

기적 같은 일이야,
억지로 노력하지 않아도 너의 모든 것이
　내게 너무나 생생한걸.

기억할 것이 너무나 많다.
효과적으로 기억하기 위해 갖가지 노력도 기울인다.
그럼에도 기억하는 일이란 결코 쉬운 일이 아니다.

하지만 당신의 키, 발 사이즈, 전화번호, 좋아하고 싫어하는 음
식과 그 밖의 온갖 취향들까지, 당신의 모든 것들은 별다른 노력
없이도 내게 생생히 기억된다.

그러니 참으로 기적 같은 일일 수밖에.

기_

억_

언어

언젠가 내가 네게 말했지.
어떻게 해도 널 향한 내 마음을
　말로 다 표현할 순 없다고 말이야.

당신을 생각하면 느껴지는 한쪽 가슴의 저릿함,
당신을 볼 때 차오르는 마음속 그득한 감정들.

이런 내 마음을,
말로 다 표현할 수 없다는 것.
그게 참, 아쉬워요.

언_
어_

시간

시도 때도 없이
간절해지는.

행복한 순간들.

좋아하는 빵을 고르는 순간,
퇴근길을 함께할 음악을 고르는 순간,
무탈한 하루의 끝, 포근한 침대에 나를 맡기는 순간,
사랑하는 당신과 함께하는 모든 순간.

그렇게나 간절할 수가 없네요.
흘러가는 이 시간이.

시 _
간 _

바다

바랜 사진 속,
다들 가지고 있을 추억 하나.

모래 위 거친 글씨,
일몰과 일출,
그리고
당신과 나.

바 _
다 _

이불

이제야 알겠어요.
불안함 속 잠을 설치던 밤,
　나를 감싸 안았던 그 따스함이 무엇이었는지.

밤새 이불을 덮어주던 당신의 따스한 손길.

이 _
불 _

손잡이

손이 차다기에
잡아주었다, 네 손을.
이렇게 쉽게 너와 나 사이에 닫힌 문이 열리는 것을,
　왜 이제야 알았을까.

나와 다른 언어를 쓰는 이.
그에게 나의 언어로 많은 이야기를 떠들어대면,
그는 어리둥절해할 것이다.

사랑도 마찬가지인 것 같다.
나의 언어로 나의 방식으로만 표현하면,
상대방은 어리둥절할 뿐,
내 마음을 알 수 있을 리 만무하다.

그 사람의 언어로 마음을 표현하고자 애쓰는 것,
그것이 어쩌면 진짜 사랑인지도.

p. s. 밥을 먹은 내게 아무 말 없이 빵을 건네던 당신, 사랑이었군요.

손 _
잡 _
이 _

◇ 대화

대충대충, 건성으로 하지 않을 거야.
화가 나도 조용히 당신의 이야기를 듣고
  그 생각을 이해하고자 애쓸 거야.

보기와 다르게 조금 다혈질이다.

남자친구와 다툴 때의 난,
이 말 저 말 정신없이 쏟아놓고는 묵묵부답인 남자친구를 견디
다 못해 뒤돌아 나가버리기 일쑤였다.

화르륵 타오르던 화는 언제나 금방 풀렸다.
나는 남자친구와의 갈등 상황이 답답해 참을 수가 없었다.

뒤돌아 나가버릴 땐 언제고 뽀르르 다시 곁으로 달려가서는,
채 감정을 추스르지도 못한 남자친구에게,
왜 사과를 받아주지 않느냐며 떼를 써대곤 했다.
그런 행동들은 결국 별것 아닌 일을 큰 싸움이 되게 만들었다.

상대방이 마음을 추스를 수 있도록 시간을 주는 것,
상대방의 이야기를 잘 들어주는 것,
내 이야기만을 고집하지 않는 것.

그렇게 진짜 대화할 줄 아는 사람만이,
제대로 된 사랑도 할 수 있는 것 같다.

대 _
화 _

지우개

지우고 싶어.
우리의 지난날들을.
개나리꽃 피는 봄이 오면 잊을 수 있을까?

지금 생각하면 손발이 오그라드는 기억들이 있다.

노래방에서 몇 시간 동안 이별 노래를 부르며 오열하던 기억,
남자친구와 헤어졌다고 엄마 아빠 앞에서까지 눈물을 쏟았던
기억 등.

그런 마음의 얼룩들,
지울 수 있는 지우개 하나 있었으면.

제발.

지_
　우_
　　개_

◇ 스트레스

스멀스멀
트러블이 올라온다.
레알(real) 이건 다 너 때문이야!
스쳐 지나가는 당신의 얼굴.

당신은,
내 마음에 가장 합한 사람이었다가,
내 마음에 가장 반하는 사람이 되기도 한다.

너무 뜨겁거나 너무 차가워서,
벅차고 때로는 버겁게만 느껴지던 당신이,
미지근하게 느껴지던 어느 날.

난 왜인지 서글픈 마음에,
쉬이 잠들 수가 없었다.

스_
  트_
    레_
      스_

이별

이해할 수 없이 --
별안간에. --

이별을 경험하기 전, 나는 누구보다도 사랑에 적극적이었다.

하지만 이별을 경험한 후, 나는 사랑에 한껏 움츠러들었다.
언젠가 있을 이별을 생각하며 누군가를 만나면서도 사랑에 온
힘을 다하지 못했던 것이다.

그렇게 또 다시 이별을 맞이했을 때,
그 이별은 처음 경험했던 이별보다 더 큰 후회를 남겼다.

이별이 올 수 있다고 해서 사랑의 순간을 놓치는 어리석음을 범
하지는 말아야지.
이해할 수 없는 별안간의 이별이 온다 한들,
나는 온 힘을 다해 사랑할 것이다.

이_

별_

◇ 추억

추스려보려 애를 써봐도
억장이 무너져 내리는 순간이 있어.

아무렇지 않은 듯 괜찮다가도,
문득 떠오른 얼굴에,
가슴이 와르르 무너져 내리기도 한다.

언제쯤이면 웃으며 추억할 수 있을까.
아름다운 기억들만.

나쁜 기억들은 다 씻겨져라

추 _
억 _

Part 3

어제와 별반
다를 것 없는 하루

삶이 버거운 당신에게

많이 아프고 나서야 알았다.

어제와 별반 다를 것 없는 오늘은
언젠가 그리워질지 모르는
가장 특별한 하루인지도 모른다는 것을,

매일같이 평범한 하루가 반복된다는 건,
어쩌면 기적이라는 것을.

문득,
익숙한 오늘 하루에
내가 물들어 있음이 참 좋다.

우리 이제
조금은 더 행복하게 살아낼 수 있지 않을까.

매일같이 일하고 먹고 자고 상처받고 사랑하고 울고 웃는
이 지극히 평범한 하루를.

*출근

출출함보다는
근처 카페의 커피 한 잔이 시급한.

매일 아침,
출근하는 일이 너무 힘들다.
지긋지긋한 공부를 끝내고 취직만 할 수 있다면,
새벽부터 밤늦은 시간까지 일만 해도 행복할 거라고,
그렇게 떠들어대곤 했었는데.

나란 사람, 참 간사한지,
간절했던 그 시절을 벌써 다 잊어버린 것 같다.

기상을 알리는 알람을 끈 채 '5분 만 더'를 외치다가,
간단한 아침도 챙겨 먹지 못하고 빈속으로 뛰쳐나오기 십상.
그것도 익숙해진 탓인지,
이젠 배고픔도 잘 느껴지지가 않는다.

아침이야

근처 카페의 따뜻한 커피 한 잔.
그것이 오늘 아침의 유일한 위로가 되는 것을 보니,
난 아직 진짜 하고 싶은 일을 찾지 못한 것일 수도 있겠다,
뭐, 그런 생각이 든다.
출근이 하고 싶어 죽겠는 그런 아침,
언젠간 맞이할 수 있을까.

출_
근_

*커피

커져버린
피로감 속, 따뜻하게 한 잔.

언젠가부터 커피를 마시는 일은 단순히 차 한 잔을 마시는 일이
아니게 되었다.

하루를 시작하는 내게 기합을 넣는 일,
지친 나를 위로하는 일,
한 박자 쉬어가는 일,
사랑하는 사람들과 시간을 보내는 일.

뭐, 그런 일종의 의식 같은 일이 되어버렸달까.

자, 그럼 오늘 하루도
따뜻한 커피 한 잔과 함께
힘차게 시작해볼까.

커_
피_

*신문

신이시여,
문제가 너무 많네요, 이 세상에.

사건사고로 가득한 신문을 보다가,
문득 그럭저럭 무탈하게 살고 있는 게 감사하다는 생각이 들
었다.

조금만 생각해보면,
받은 복이 참 많다는 것을,
그 복을 주변과 나누는 것이 마땅하다는 것을,
깨닫게 된다.

불평불만이 가득한 시간을 보내고 있다면,
지금 이 순간,
지난날 받은 복을 세어보는 건 어떨까.

신 _
문 _

*전화

전,
화들짝 놀라곤 해요. 또 무슨 일이람.

업무 시간에는 전화 받을 일이 많다.
성격 괴팍한 의뢰인의 전화,
급한 업무가 내게로 배당되었음을 알리는 눈물 나는 전화,
무언가 일이 잘못되고 있음을 알리는 등골 오싹한 전화 등.
물론 기분 좋은 소식을 알리는 전화도 때때로 걸려온다.
하지만 내공이 부족한 탓일까.
아직은 전화가 오면 자동적으로 미간이 찌푸려지는 것을 어찌
할 수가 없다.

전_
화_

회장님,
의자에 땀 차요. 점심은 먹고 해요.

적절한 휴식은,
더 효율적인 업무를 가능하게 하는 것으로 알고 있습니다만,

회장님?

회_
의_

*가지

가르쳐주세요.
지금 내가 뻗어 나가야 하는 곳이 어디인지.

대학만 가면 끝인 줄 알았다.
하지만 그때부터가 시작이었다.

취업만 하면 정말 끝일 줄 알았다.
하지만 또 다른 시작일 뿐이었다.

어떻게 살아야 하나.
어느 길로 가야 하나.
살아가는 내내 고민은 계속된다.

답답한 심정에 누가 좀 이야기해줬으면 싶다.
"저기요, 이 길로 가세요! 이 길이 맞아요."

가 _
지 _

*식사

식기 전에,
사랑스러운 감사의 인사는 잊지 말고.

감사합니다.

오늘도,
좋은 사람들과,
맛있는 음식으로,
이렇게 함께 행복할 수 있어서요.

맛있게 꼭꼭 씹어 먹고,
힘내서 무탈한 하루 보낼 수 있기를.

맛있게 먹겠습니다!

식 _
사 _

*후식

후훗,
식사는 아직 끝나지 않았어.

후식 배는 따로 있지 않던가요?

후 _

식 _

*집중

집 나간 정신줄아,
중한 일이 있으니 돌아와 주지 않겠니.

나의 집중력은 한 시간을 넘지 못한다.
학창 시절, 나는 도서관에서 시도 때도 없이 5분만 쉬고 오자고
친구들을 졸라댔다.
한 친구는 그런 나에게 '5분만'이라는 별명을 붙여주기도 했다.

그렇게 늘 집 나간 정신줄을 되찾기 위해 고군분투하는 나도,
좋아하는 일을 할 때면 무섭게 집중한다.
그래서인지 좋아하는 일을 할 때 성과도 좋은 편이다.

'좋아하는 일'만 하고 살 순 없겠지만,
'해야 하는 일'만 하고 살고 싶지도 않다.
좋아하는 일을 해야 하는 일로 만드는 것,
그것이 요즘의 내가 꿈꾸는 삶이다.

집 _

중 _

*생각

생경해하지 마.
각자 다른 게 오히려 자연스러운 거니까.

지퍼가 앞에 달린 원피스를 입었다.
회사 동료가 옷이 이상하다고 했다.
한 선배는 지퍼가 뒤에 달려 있어야 하는 것 아니냐고 물었다.
"다들 패션을 모르는 군." 하면서도
이상하게 자꾸만 집에 가고 싶었다.

생 _
각 _

*휴지

휴…,
지가 뭔데 나를 울려.

주는 만큼 받으려 하면,
주는 기쁨도 받는 기쁨도 누리지 못하게 돼버려.
그건 너무 바보 같은 일이잖아.

그러니 주는 만큼 받지 못했다고,
서운해하거나 눈물짓지는 말자.

휴 _
지 _

*퇴근 1

퇴색되어버린 걸까.
근사한 꿈도 열정도 이 시간 앞에선.

매일,
혼자 있을 때 생각하는 일이,
내 꿈이고,
인생의 키(key)라던데.
그럼 내 꿈과 인생의 키는,
고작 퇴근인가.

*퇴근 2

퇴짜 맞은 날에도,
근사한 칭찬을 받은 날에도,
  기다리게 되는 순간.

퇴근길을 함께할 음악을 고르는 일은,
가장 중요한 하루 일과 중 하나이다.

우울한 날은 따뜻한 위로가 되는 곡을,
행복한 날은 몇 배는 더 행복해지는 곡을 고를 거야.

온전히 나를 위한 선물을 고르는 시간.

행복해.

퇴 _
  근 _

*열심

열 번만
심호흡하고, 다시 한 번 더.

무심코,
오늘 이 한 장의 달력을 넘기기까지,
서른여 일의 나는 얼마나 애를 썼던지.

쉬이 오늘의 달력을 넘기듯,
다음 달도 그다음 달도,
이렇게 쉬이 넘어갈 수 있길.
살아갈 수 있길.

잊지 말 것.
한 장 한 장 달력을 넘길 때마다,
수고했어 하고 나를 위로해주기.

열 _
심 _

*오늘

오지 않아, 다시는.
늘 곁에 머무는 하루가 아닌걸.

문득,
어제와 별반 다를 것 없는 오늘 하루가,
다시는 만나볼 수 없는 유일한 하루라는 생각이 들었다.

평소 같았으면 특별할 것도 없는 평범한 오늘 하루,
그저 시간이 흘러가기만을 바랐을 텐데.

문득 든 생각은,
갑작스레 오늘 하루를 더할 나위 없이 소중한 하루로 느껴지게
만드는 것이었다.

조금만 다르게 보면,
세상은 살아갈 이유로 가득하다.

오 _
늘 _

*화장

화들짝 놀라게 되는
장면.

눈병 때문에 한동안 화장을 할 수 없었다.

처음 민낯으로 출근하던 날,
사람들이 나를 어떻게 볼까 싶어 고개를 푹 숙이고 다녔다.
하지만 막상 사람들을 마주쳤을 때,
대부분의 이들은 내 달라진 모습을 전혀 알아채지 못했다.
슬프게도 사람들은 내 생각보다 더 내게 관심이 없었던 것이다.

그 사실을 깨닫고 난 후 나는 많이 자유로워졌다.
요즘은 화장한 내 모습이 오히려 어색할 정도이다.

마음이 달라지면 많은 것이 변한다.

화 _
장 _

*공부

공짜는 없다잖아, 이 세상에.
부지런히 하는 수밖에 더 있겠니.

이 정도 공부했으면 앞으로 더 공부 할 일은 없겠지 싶었다.

이놈의 지긋지긋한 공부 다시는 하지 않을 테다 다짐했다.

하지만 사실은 알고 있었다.
공부하지 않고는 할 수 있는 일이 아무것도 없다는 것을.
하물며 새로 산 아이폰 XS의 전원 하나를 끄는 법도 웹 서핑을
통해 공부해야 하지 않던가.

공부는 평생 하는 것임을 잘 알고 있음에도,
오랜만에 공부를 하자니,
묘한 반항심이 생기는 것만은 어쩔 수가 없다.

왜 세상에 공짜는 없는 걸까,
왜 모든 건 빠르게 변하는 걸까,
왜 평생 맘 편히 우려먹을 수 있는,
그런 지식은 없는 걸까 하고.

공_
부_

*육아

육지를 떠나고 싶다.
아주 그냥 떠나고 싶다.

육개장 한 사발,
아무도 없는 곳에서 혼자 먹고 싶은,
뭐, 그런 심정이라고들 합니다.

육_
아_

*운동

아, 운동해야 되는데.
365일 내내 달고 사는 말이다.

더 이상 가까울 수 없을 만큼 가까운 거리에 있는 헬스장도,
내 마음속에서는 아득히 멀게만 느껴진다.

무슨 핑계가 그리 많았는지,
일 년 동안 방문한 횟수는 손에 꼽을 만큼.

올 해는 새해 계획을 조금 다르게 세워본다.
'운동하기'가 아닌 '헬스장 문턱 넘기'라고.

운_
동_

*성공

성급할 필요 없어.
공든 탑이 무너지랴.

일을 시작할 때면 빠르게 결과물을 만들어내야 한다는 생각에
조급해질 때가 많다.

조급한 마음에 눈에 보이는 결과물 만들기에만 집착하다 보면
끝내 허울만 그럴싸한 실속 없는 결과물이 만들어질 뿐이다.

한 호흡 쉬고 가자.
조급한 마음은 일을 그르칠 뿐이니까.

성 _

공 _

*건강

건성으로 듣지 마세요,
강조하고 또 강조해도 모자람 없는 게 건강이니까요.

아프니까,
할 수 있는 일이 아무것도 없네요.

그 많던 계획도,
그 많은 시간도,
아무짝에도 소용이 없게 됐어요.

있을 때 잘해야겠지요.
사람도,
건강도.

건 _
강 _

*생일

생각해줘서 고마워요.
일 년에 딱 하루뿐인데.

누군가 내 생일을 축하해주는 일이
그렇게나 고맙고 기쁘다.

일 년에 딱 하루뿐인 날을,
나를 위해 기억해주는 이들이 있어,
참, 행복한 날.

생 _
일 _

[*]가방

가지고 싶다. ....
방금 샀는데, 또. ....

욕심의 끝은 어디일까.

가_

방_

*미용실

머리를 하기 위해선 마음을 단단히 먹어야 한다.
기다림의 시간이 길기 때문이다.

머리를 감고 또 말리는 일,
헤어롤을 말고 또 푸는 일,
파마약을 들이붓고 또 씻어내는 일.

실로 긴 기다림의 시간 끝에야,
비로소 기대했던 예쁜 머리를 만나볼 수 있다.

기다림 없이 이루어지는 일은 아무것도 없다.
그러니 모든 일에 앞서 기다림과 친숙해질 필요가 있지 않을까.

미_
용_
실_

*영수증

영, 기분이 아니어서,
수지맞은 날이어서,
증~말 짜증나서, 스트레스 해소 겸.

요즘은 현금을 들고 다니지 않으니 지갑에는 카드와 지난 영수
증들만이 가득하다.

모두 내가 지출한 내역이지만 가끔씩은 무엇을 위한 지출이었
는지 전혀 기억나지 않는다.

무슨 명목이었는지 기억이라도 나면 지출을 합리화하기 위한
그 무슨 이유라도 가져다 붙일 텐데.
도통 명목조차 기억나지 않는 지출이 있으니 스스로 합리화조
차 할 수가 없다.
참으로 심각한 일이라지.

벌기는 힘들고 쓰기는 쉬운 돈.
내일부터는 좀 더 의식 있는 소비생활을 해야겠다.
체크카드 하나 만들러 갈까.

영_
수_
증_

*웅덩이

웅크린 채
덩그러니 앉아 있었다.
이런 나를 좀 구해주세요, 하고.

아무것도 하고 싶지 않은 날이 있다.
스트레스가 머리끝까지 차올라 괴롭고 또 괴로운 날.

그런 날이면 씻지도 않은 채 방구석에 처박혀 온종일 무언가를
시청한다.
각종 유해한 음식들을 구겨 넣으면서.
해가 저물기 시작하면 찝찝하고 찌뿌둥한 느낌에 더부룩한 속
까지 더해져 어김없이 괴로움은 배가 된다.
거기에 밀린 일들에 대한 생각까지 겹쳐지면 문득 가본 적도 없
는 천국이 그리워지기까지 한다.

쉬는 것도 아니고 쉬지 않는 것도 아니고.
이도 저도 못한 채 괴롭기만 한 날.

그런 날이면 누군가 나를 밖으로 불러내줬으면 싶다.
못 이긴 척 밖으로 나가 기분전환이라도 할 수 있게.
다음 날부터는 정말 정신 차릴 수 있게.

웅_
덩_
이_

*세수

세 번 고민했다.
수도꼭지를 틀 때까지.

사람은 언제부터 씻기 시작했을까?
사람은 왜 씻어야 하는 걸까?

씻기 싫은 마음에 순간,
철학자가 되어버렸다.

세_
수_

[*]청소

청명한 하늘을 보고 싶어, 내 마음에.
소란스레 털어내는 먼지.

마음이 복잡할 땐 청소를 한다.
소란스레 먼지를 털고 주변을 정리하다 보면,
마음이 한결 편안해지는 느낌이 들기 때문이다.

이제는 한숨 푹 자고 일어나야지.

내일은 분명,
마알간 마음의 하늘을 만나볼 수 있을 거야.

청 _
소 _

*다이어트

다시 태어난다면
이런 말을 듣고 싶다.
어쩜 그렇게
트집 잡을 곳이 하나 없니.

아직 한 발밖에 안 올렸어...

학생일 적에는 마음속 계획들을 제대로 실천해보겠다고 눈에
보이는 곳마다 그것들을 끄적여놓곤 했다.
계획에 반하는 행동을 할 때면 괜스레 마음이 찔리곤 했으므로.
끄적이는 일은 계획을 실천하는 데 꽤 도움이 되어주었다.

나이를 먹어갈수록 끄적임이 줄어든다.
요령을 피우고 싶은 거겠지.
대충대충 설렁설렁 살고 싶은 거겠지.

오늘,
내 몸을 글에 매어보고자 독한 마음 먹고 몇 글자 끄적여본다.

다이어트, 이제 좀 그만 먹자.

다_
이_
어_
트_

*아침

아~, 이제는
침대에서 일어날 시간!

푸르스름한 빛이 방 안에 스민다.

아직은 아니야,
두 눈을 꼭 감아봐도.

그 빛은 곧 눈 속 깊이 스며들어,
나를 간지럽힌다.

그래, 아침이다.
그래, 다시 시작이다.

아_

  침_

145

*일상

일하고, 먹고, 자고,
상처받고, 사랑하고, 울고, 웃고.

오늘은 아침 일찍 병원에 들렀다 출근을 했습니다.
눈병을 앓는 바람에 화장을 할 수가 없어 안경을 썼습니다.
평소와 다른 모습에 자신이 없어 다소 움츠러들어 있었습니다.
점심으로는 국시를, 저녁으로는 마파두부밥을 먹었습니다.
안 그래도 신경이 쓰이는데.
상태 안 좋아 보인다는 말에 기분이 좀 상했습니다.
하지만 곧 천재 같아 보인다거나,
마법을 쓸 것 같다는 말을 듣곤,
무언가 우스워 기분이 좋아졌습니다.

퇴근을 했습니다.
빨래를 돌려놓은 채 따뜻한 물로 샤워를 했습니다.
퉁퉁 부은 다리를 쭉 펴고 스트레칭도 했습니다.
좋아하는 노래를 크게 틀었습니다.
작은 조명 아래 홀로 앉아 사랑하는 이들을 생각했습니다.
지금은 노트북을 켜고 오늘의 일상을 끄적이고 있습니다.
별일 없는 오늘 하루가 다 지나갔네요.
이제, 잠자리에 들어야겠습니다.

일_
상_

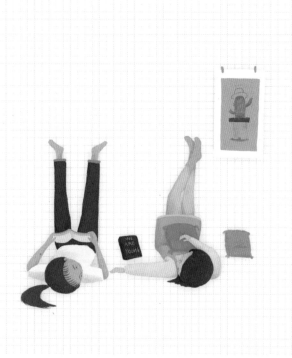

Part 4

우리라는 이름이
따뜻해

관계가 소중한 당신에게

나를 둘러싼 이들이 있다.
우리는 함께 울고 웃으며
서로가 서로의 기억이 된다.

오늘은 서로의 시리고 아픈 기억이,
또 어느 날엔 따뜻하고 사랑스러운 기억이 된다.

우리는 때론 서로의 기억을 나누어 갖는다.
서로가 서로의 기억을 나누며,
시린 기억들로 덜 아파하고,
따뜻한 기억들로 더 사랑할 수 있다.

오늘, 나는 당신에게 따뜻한 기억이 되고 싶다.
당신이 내게 그랬듯,
나 또한 당신 곁에서 온 마음으로 함께 울고 웃고 싶다.

우리라는 이름으로 덜 아파하고 더 웃을 수 있게.
변하는 계절 속에서도 여전히
우리라는 따스함으로
기억될 수 있게.

☆엄마

엄살쟁이가 돼버려.
마냥 그 앞에선.

엄마와 이야기를 한다.

문득 정신을 차려보면, 역시나.

이야기 속 내 슬픔과 아픔의 크기는,
실제 크기의 두 배 세 배 이상 부풀어져 있다.

아직도 철이 덜 들었나 보다.

엄 _
마 _

모성애

모질게 대할 수 있겠니?
성에 차지 않아도
애틋하기만 한걸.

밖에서는 소위 모범생으로,
안에서는 애물단지로 통한다.

"야무진 딸 있으니 얼마나 좋아요, 부럽다."
우리 엄마, 분명 속으로 외치고 있었을 것이다.
'애 한번 데려가서 키워보세요, 그런 말 나오나.'

까칠한 성격에 무뚝뚝한 큰 딸, 성에 차는 구석 하나 없을 텐데.
뭐가 예쁘다고 오늘도 그저 바리바리 챙겨주느라 바쁘다.

그런 엄마 마음,
나는 절대로 이해 못하겠지.

모 _
성 _
애 _

잔소리

잔잔했던 마음이
소란해진다.
리모컨으로 줄일 수도 끌 수도 없으니, 이를 어쩐담.

사랑이 커지면 잔소리도 늘어난다.

운동 좀 해.
영양제 잘 챙겨 먹고.
조급해하지 좀 말고.

사랑해서 하는 이야기라는 것,
나도 잘 알고 있다.

그런데 때로는 그냥 잠시 그대로.
나를 묵묵히 지켜봐주었으면 하는 생각이 들기도 한다.
그저 나를 믿고.

   잔 _
   소 _
   리 _

설거지

설마 당신이 늙을까 생각했어요. 그런데,
거친 손,
지친 당신의 모습을 이제야 보네요. 눈물이 핑.

얼굴도 피부도 고운 우리 엄마.
굳이 못난 곳을 하나 집으라고 한다면,
그건 아마 손일 것이다.

고생에 고생이 더해서 굳은살이 박이고,
세월이란 바람에 거칠어졌을 엄마의 손.

한 살 많은 아빠보다 손만은 연상이라는 우스갯소리를 하실 때면,
괜스레 눈물이 핑.

이제는 철 좀 들어야지 싶다.

설 _
거 _
지 _

☆아빠

아직도,
빠져 있단 말야, 나한테.

우리 아빠는,
딸 바보.

아 _
빠 _

*얼굴

얼싸안고 울고 싶었다.
굴곡진 당신의 삶이 고스란히 배어 있어서.

얼 –
굴 –

✩ 가족

가지지 않아도 가진 게 없어도
족해, 그대들과 함께라면.

집에 오면 목소리부터 달라진다.
애니메이션에 나올 법한 목소리로 밥을 달라고 조른다.

복장도 전혀 신경 쓰지 않는다.
일상을 찍어 올리는 유튜브 크리에이터들은 집에서도 참 곱게
입고 있던데.
난 늘어난 티셔츠에 고무줄을 빼놓은 바지를 주워 입는다.

TV를 보다 모르는 것이 나오면 가감 없이 질문한다.
무식한 질문을 한 것은 아닐까 고민 따위 하지 않는다.
그래서 가끔은 가족들로부터 무식하다는 이야기를 듣는다.

교양 있는 척, 아는 척, 가진 척.
그 어떤 척도 하지 않아도 되는 공간.

더하지도,
빼지도 않고,
그냥 내가 나일 수 있는 곳.

그것이 바로 가족, 그리고 나의 집이 아닌가 싶다.

가_
족_

☆ 부부

부족한 만큼
부어주세요, 당신의 사랑을.

자신의 부족함은 보지 못한 채,
상대방의 부족함만을 비난하는 순간,
비극은 시작된다.

완벽한 사람이 없음을 인정하는 것,
서로가 서로의 부족함을 채워주고자 한 번 더 노력하는 것.
그것이 잘 사는 부부들의 특징 아닐까 싶다.

부 _
부 _

*믿음

믿기 힘들 만큼 깜깜한
음지를 걸을 때에도.

믿기 힘들 만큼 깜깜한 시간을 지날 때,
당신이 내 곁에서,
내 손을 잡고 앞서 걸어가고 있다는 믿음.

그 믿음이 있어서 난,
앞을 향해 한 걸음 더 내딛을 수 있어요.

민 _
　음 _

쓰담쓰담

쓰라린 마음을
담박에 편안하게 해주는,
쓰디쓴 세상을
담담히 살아갈 힘을 주는.

누구나 자신만의 스트레스 해소법이 있다.

아침에는 아이스 아메리카노에 보드라운 크루아상을,
오후에는 당 떨어짐 방지용 마카롱을,
저녁에는 후식으로 쫄깃한 식감의 도넛을.

좋아하는 사람과 함께 좋아하는 빵을 마음껏 먹는 것.

이것이 바로 나의 쓰담쓰담이다.

쓰 _
담 _
쓰 _
담 _

그대

그 무엇도
대신 할 수 없는 당신.

새벽 4시, 별다른 알람 없이도 기상한다.
아빠는 그렇게 매일 새벽,
가족과 교회를 위해 기도해왔다.

답답할 법도 한데,
친구를 만나지도 특별한 취미 생활을 하지도 않는다.
머릿속엔 온통 가족과 교회 생각뿐.

그 흔한 안식년 하나 없이 사역에 집중해왔다.
집과 교회만을 왕래한 지 벌써 수십 년 째.
교회로 향하는 아빠의 뒷모습이 어느새 온통 새하얗다.

오늘도 설교 준비를 위해 책을 읽다 잠든 우리 아빠.
정말 존경하고, 사랑합니다.

그 _

대 _

☆ 환영

환하게 웃어줘서 고마워요.
영, 기분이 별로였는데.

회사 앞 오피스텔에서 자취를 하고 있다.
본가까지 가는 데 걸리는 시간은 고작 한 시간 남짓.
나와 살기 민망할 정도로 가까운 거리지만
바쁘다는 핑계로, 귀찮다는 핑계로 자주 집에 들르지는 못한다.

그러던 어느 날,
무조건적인 위로가 절실해질 때면,
난 어김없이 집으로 향한다.

언제나 두 팔 벌려 환영해주는 가족에게,
오늘 참, 고맙다.

환_
영_

불행

불안해하지 마. 그가 없는 시간에 말야.
행복해지는 연습을 해야 해. 너와 그 사람 모두를 위해서.

그와 헤어지고 나는 펑펑 울었다.
사랑이 끝난 것에 대한 슬픔 때문이 아닌,
혼자 된 것에 대한 두려움 때문이었다.

늘 누군가를 통해 행복해지려 했던 난,
스스로 행복해지는 법을 몰랐다.
나는 함께 있는 사람을 힘들게 했고,
결국 그를 통해 행복해질 수도 없었다.

스스로 행복할 수 없다면,
다른 누군가를 통해서도 행복할 수 없다.

나를 사랑하는 일이 곧 당신을 사랑하는 일임을 알게 된 지금,
이제야 진짜 사랑을 할 수 있을 것 같다.

불_

행_

☆ 오해

오직
해가 될 뿐이야, 당신과 나 사이에.

믿지 못하기에 오해가 생긴다.
믿음이 없으면 상대방의 말과 행동을,
전혀 다른 의미로 받아들이기 쉽기 때문이다.
마치 나를 공격하는 것처럼.

그는 내게 말했다.
그가 나를 사랑한다는 것,
자신의 모든 말과 행동을 그 전제에서 해석해달라고.
그러면 불필요한 오해는 생기지 않을 거라고.

유난히 못생기게 나온 내 사진을 보고 깔깔대며 웃는 그를 보며,
다 나를 사랑해서 저러겠거니 이해하고자 노력해본다.

오 _

해 _

동기

동고동락, 그대들과 함께라면,
기쁨은 배가 되지!

시작을 함께한다는 것,
시간을 함께한다는 것,
인간관계에서 그보다 더 소중한 일이 있을까.

회사에서 대부분의 시간을 보낸다.
그래서인지 기쁘고 슬프고 짜증나는 일은 대개 회사일과 관련
해서 생긴다.

친구들을 만나 그런 이야기들을 나누려면,
우선은 인물과 관계에 대한 설명부터 자세히 해야 한다.
할 말도 많은데 배경설명부터 하자니 답답하지 않을 수 없다.

그러나 동기들은 다르다.
별다른 설명 없이도 모든 사정을 잘 알고 있으니 배경설명 따위
를 할 필요가 없는 것이다.
그저 내 마음 좀 알아달라고 정신없이 이야기를 토해내면 그만.

기쁘고 슬프고 짜증나는 일을 나눌 동기들이 있었기에,
힘든 회사 생활도 잘 견디어낼 수 있었던 것 같다.

모두들 정말 고마워요.

동 _
기 _

☆ 선배

선뜻 다가가기 어려울 때도 있지만
배우고 있어요, 당신의 그 모든 점에서.

자신의 일을 남에게 미루지 않는 것.

당연한 일이지만 쉬운 일은 아니다.
특히 내 일을 시켜도 됨 직한 후배가 곁에 있다면,
일을 미루지 않기란 더더욱 쉬운 일이 아닐 것이다.
사람이라면 누구나 제 한 몸 편하고 싶은 것 아닌가.

사회생활을 시작하며,
어떤 사람들과 일하게 될까,
참 많이 두려웠다.
내 일을 제대로 하기에도 벅찰 신입 시절,
자신의 일을 내게 미루는 독한 선배를 만나면 어쩌나 걱정했던
것이다.
하지만 다행스럽게도,
복이 많은 난 참 좋은 선배들을 만났더랬다.
자신의 일을 내게 미루긴커녕,
내가 할 일의 방향까지도 친절히 지도해주었던 좋은 선배들.

보고 배운 것이 무섭다고,
언젠가 나도 좋은 선배가 될 수 있지 않을까,
기분 좋은 상상을 해본다.

선배, 정말 고맙습니다.
이건 제가 사회생활 하는 게 아니어요.
제 마음 아시죠?

선_
배_

☆후배

후회하지 말고
배려해주세요, 지금.

소위 말하는 '꼰대'가 되고 싶지 않다.

나이가 많다는 이유로,
선배라는 이유로,
내 생각만을 강요하는 그런 사람.

꼰대 소리 들으며 후회하지 않도록,
잘 듣고 잘 살피고 잘 배려할 줄 아는 그런 사람이 되어야지.

나의 선배들처럼.

후 _

배 _

선물

선심 써주는 건 좋은데,
물어보고 사는 건 어떻겠니?

선물을 받고 도리어 기분이 상할 때가 있다.

나에 대한 관심이 전혀 뒷받침되지 않은,
자신의 만족만을 위해 고른 것 같은 느낌이 드는 그런 선물을 받
을 때 그렇다.

선물을 고를 땐,
애써 구색을 맞추기보다는,
받는 사람의 마음을 한 번 더 생각해보는 것이 어떨까.

선 _
물 _

☆이웃

이렇게 함께
웃을 수 있어 좋은.

내 일에 함께 웃고 울어주는 이들이 있다.

그들이 있기에 난,
더 기뻐할 수 있었고,
덜 슬퍼할 수 있었다.

나 또한 누군가에게 좋은 이웃이고 싶다.
함께 웃고 울어줄 수 있는 그런 사람.

이 _
웃 _

☆친구

친히 알아주는,
구구절절 말하지 않아도.

나도 알아요.
내가 아무 말 하지 않는데,
누가 내 마음을 알 수 있겠어요.

그래도 가끔은 말예요.
나 아무 말 하지 않아도,
내 마음 다 헤아려주는 사람,
그런 사람 있었으면 싶어요.

당신이 그런 사람이길,
나 또한 당신에게 그런 사람이길 바라요.

친 _
구 _

수다

수리수리마수리, 속에 있는 것들을
다 토해내게 만드는 마법.

그 많은 이야기들을 속에 담아두었으니,
몸도 마음도 무거웠을 수밖에.

마법에 걸린 듯,
이 얘기 저 얘기 정신없이 토해놓고 나니,
몸도 마음도 한결 가벼워진 듯하다.

가끔씩은 왜 이런 얘기까지 했을까,
이불을 차고 싶은 순간도 생기지만,
그럼에도 수다가 건강에 이롭다는 생각에는 변함이 없다.

수 _
다 _

새해

새것이 오고,
해진 게 가요.

새로운 해가 밝았습니다.
해진 날들은 모두 저물었어요.

그러니 우리 다시 새롭게 시작해봐요.

새해 복 많이 받으세요!

커피큐어

새 _

해 _

선인장

선뜻 다가와주세요.
인정이 많구요.
장난도 잘 쳐요. 보기랑은 다르게요.

일부만을 보고 전부를 판단한 적이 많았다.

그녀는 사무적이고 딱딱한 말투를 사용했다.
나는 그녀가 도도하고 예민한 사람일 것이라 단정 지었다.

하지만 이게 웬걸.

우연한 기회에 알고 지내게 된 그녀는,
정이 많고 장난기 가득한 귀여운 여인이었다.

역시 선인장의 가시만을 보고 선인장의 전부를 이야기할 수는
없나 보다.

선 _
인 _
장 _

☆ 지하철

지금
하지 못한 말,
철이 지나면 할 수 있을까?

마치 지하철 순환선처럼,
입 안에서 뱅뱅 맴도는 그 말.

지 _

　하 _

　　철 _

편지

편히 전할 수 없는 말,
지금 이렇게라도.

가까운 사이일수록 진심을 전하기가 어렵다.

사랑해, 고마워, 미안해 같은 말들을 낯간지럽다는 이유로 쉽게
말하지 못하기 때문이다.

그래서인지 각종 기념일들이 반갑다.
그 핑계로나마 내 진심을 몇 마디 적어 전할 수 있으니까.

오늘도 기념일을 핑계 삼아 하지 못했던 말들을 끄적여본다.
사랑해, 고마워, 미안해라고.

편 _
지 _

사과

사실은 나도 알아.
과했지, 내가 좀?

자신의 잘못을 인정하는 것,
참 힘든 일이다.

그런데 그보다 더 힘든 일이 있다.
미안하다는 말을 하는 것이다.

사실은 내가 잘못했다고,
마음속으로는 백 번도 천 번도 넘게 외쳤던 그 말이,
알량한 자존심 때문에,
쉽게 입 밖으로 꺼내지지가 않는 것이다.

사실은 그런 뜻이 아니었다고,
당신의 마음을 아프게 할 생각은 전혀 없었다고,
다른 말들로 내 진심을 전하려 애써 보지만,
이상하게 상황은 더 꼬여만 가고,
더한 오해만이 켜켜이 쌓이고 만다.

소중한 사람을 지키고 싶다면,
지금이라도 용기를 내어 말해보는 게 어떨까.

정말 미안하다고.

사 _
과 _

산책

산들산들 바람이 불어와.
책은 덮고 일어나 걸어볼까.

사랑하는 이들과의 산책은 즐겁다.

오늘 하루 나는 어땠는지,
나를 속상하게 한 일은 무엇인지,
요즘 내가 마음 쓰고 있는 일은 무엇인지.

이 얘기 저 얘기 두런두런 나누며 함께 걷다 보면,
깊은 고민이 옅어지기도 하고,
풀리지 않던 문제가 쉽게 풀어지기도 한다.
그 핑계로 해야 하는 일도 미룬 채,
시도 때도 없이 산책하고 싶어 문제긴 하지만.

오늘도 바람이 좋으니 커피 한 잔 들고 잠시 걸을까.
사랑하는 당신과 함께.

산 _
책 _

☆성과

성공, 그게 뭐 중요한가?
과정 가운데 행복했으면 그걸로 된 거지.

A : 이 모든 것들이,
　　다 아무것도 아닌 게 되어버리면 어떡해?

B : 꼭 뭐가 되어야 하나,
　　우리 함께 순간순간 행복했으면 그걸로 된 거지.

성 _
과 _

☆하늘

하루 종일 혼자 끙끙 앓느라
늘 곁에 함께 있었던 당신을 보지 못했어요.

내 힘으로 도저히 어찌할 수 없는 일들이 있다.
최선을 다한다고 늘 그에 비례하는 결과가 주어지지는 않는다.

그래서 난,
내가 할 수 있는 일들을 마치고,
모든 일이 내 손에서 떠나갔을 때,
아무것도 할 수 없는 무기력한 상황 속에서,
불안해하며 발을 동동 구르곤 했다.

그런 나를 보고 엄마는 말했다.
많은 사람들이 나를 위해 기도하고 있으니 너무 걱정 말라고.

문득, 혼자가 아니었음을 깨닫는다.

하 _

늘 _

☆ 작별

작은 손을 흔드는 너를 보고
별안간 눈물이 났다.

앨범 속 나를 본다.
환하게 웃으며 손을 흔들고 있는 어린 시절의 내 모습.

아무 걱정 없던 그 시절이 그립기도 하지만,
다시 돌아갈 수 없음을 잘 알고 있다.

네가 건강하게 잘 지내주었기에 오늘의 나도 있는 거겠지.

문득 어린 시절의 나에게 진심을 다한 작별 인사를 건네본다.

앞으로 힘든 일이 많이 있을 거야.
하지만 너는 분명 잘 견뎌낼 거야.
너처럼 나도 오늘 이 시간을 잘 견디어볼게.
정말 고마웠어, 안녕.

작 _

별 _

안녕,

이만하면 다행인 하루

1판 1쇄 발행 2019년 2월 22일

지은이 김다희
펴낸이 김영곤 **펴낸곳** (주)북이십일 21세기북스
FC사업본부장 권무혁
FC사업본부 최상호 홍성광 강지은 한경화
디자인 박지영
홍보기획팀 이혜연 최수아 박혜림 문소라 전효은 염진아 김선아 양다솔
제작팀 이영민

출판등록 2000년 5월 6일 제406-2003-061호
주소 (10881) 경기도 파주시 회동길 201(문발동)
대표전화 031-955-2100 **팩스** 031-955-2151 **이메일** book21@book21.co.kr

ⓒ 김다희, 2019
ISBN 978-89-509-7969-0 03810

(주)북이십일 경계를 허무는 콘텐츠 리더

21세기북스 채널에서 도서 정보와 다양한 영상자료, 이벤트를 만나세요!
페이스북 facebook.com/21cbooks 포스트 post.naver.com/book_21
인스타그램 instagram.com/book_twentyone 홈페이지 www.book21.com
서울대 가지 않아도 들을 수 있는 명강의! 〈서가명강〉
네이버 오디오클립, 팟빵, 팟캐스트에서 '서가명강'을 검색해보세요!